KB260281

가면假面

가면假面
류근택 시집

초판 인쇄 | 2010년 11월 25일
초판 발행 | 2010년 11월 30일

지은이 | 류근택
펴낸이 | 신현운
펴는곳 | **연인M&B**
디자인 | 이희정
기 획 | 여인화
등 록 | 2000년 3월 7일 제2-3037호
주 소 | 143-874 서울특별시 광진구 자양동 680-25호(2층)
전 화 | (02)455-3987 팩스 | (02)3437-5975
홈주소 | www.yeoninmb.co.kr
이메일 | yeonin7@hanmail.net

값 8,000원

저자와의 협의에 의하여 인지는 생략합니다.
ⓒ 류근택 2010 Printed in Korea

ISBN 978-89-6253-077-3 03810

이 책은 **연인M&B**가 저작권자와의 계약에 따라 발행한 것이므로 본사의 허락 없이는
어떠한 형태나 수단으로도 이 책의 내용을 이용하지 못합니다.
잘못된 책은 바꾸어 드립니다.

가면假面

류근택 시집

연인M&B

창밖의 계수나무 노란 잎 진다.

잎 나고 지고 순환하는 의미를 물끄러미 셈한 지도 어느새 몇 번의 강산이 변했다.

순환은 이 세상 생명체들의 생존하는 원리이며 실존의 무게 아니겠는가.

어둠이 더해야 빛이 빛나듯, 삶은 끊임없는 내려놓기의 연습이어야 한다고 나는 믿는다. 그래서 바라기나 매임에서 평화로워야 한다.

여기 네 번째 이후의 내 삶의 작은 연습들을 묶어 다시 한 권의 시집으로 세상에 내보낸다.

여전히 부끄럽다.

2010년 늦가을
류근택

| 차례 |

1.

가면 _ 12

남루 하나 입양하고 싶다 _ 14

저녁 무렵 _ 16

기웃기웃 살아가는 법 _ 17

화상전화 _ 18

게임을 하다 _ 19

초침 소리 _ 20

공주님 커튼 _ 21

멋쩍은 _ 22

사랑이라는 것 _ 23

어른이 된다는 것 _ 24

청첩장을 접다 _ 26

갯배를 타다 _ 27

개미가 귓속을 헤매다 _ 28

정 _ 30

1.

가면假面

송파산대놀이 구경하러
서울놀이마당에 가거들랑 취발이랑
팔먹중의 표정을 읽자
타령장단에 께끼춤, 말뚝이의 잡소리는 어떤가

거기 어린아이 때,
순하디 순한 모습 있던가

마당 넘어 새로 지은 아파트 숲으로 잦아드는
석양의 붉은 어둠에도 비춰 보자

가면 속에
얼굴은 묻은 채로 한 마당
놀아나지 않은 자, 게 누구더냐

섬광처럼 잠깐만
나타났다 사라지는 희미한 형해形骸
속절없이 칠흑으로 숨어드는 질주의 본능

이제는 가면을 벗고
마당을 떠나는 이들의 땀에 전

뒷모습을 가만가만 바라보자

숨소리마저
멈춘 듯 찾아든 평안의 여유를.

남루 하나 입양하고 싶다
― '입양의 날'에

가슴으로 아이를 낳았다는
어느 엄마의 가분한 눈물에
내 가슴속 무거운
돌덩이 들어 있음도 알았다

모성이건 부성이건
사랑이 주인 아니던가 그런데
나, 이제껏 누굴
가슴으로 안아 본 적 있던가
절절한 그리움에 젖어
가꾸어 보듬는 정원사의
정성을 눈여겨본 적 있던가
나무거나 꽃이라도 이제껏
눈이면 눈, 냄새로만 보았다

눈물로는 아니어도
유유히 흘러가는 강물처럼
아이들 손잡고
너른 들판을 달리고 싶다
깊은 곳으로 흐르는 성정,
돌마낫적 우윳빛 살결,

거룩한 모성처럼 맑은
아이들의 눈동자를 바라보고 싶다

돌덩이는 가만히 내려놓고
마른 가슴에
남루襤褸 하나 입양하고 싶다.

저녁 무렵

알레그로로 흐르던
가락이 뉘엿한 석양 따라
웅얼웅얼 흔들린다

울려야 음악이라던데
이리저리 저어도
머릿속은 온통 지리멸렬

이어지는 노랫소리 카랑해도
맴맴
마음도 다잡을 수 없어

창문 열고
깊은 숨 들이쉬건만 내일이나
기약하라는 듯

지난 시간
라르고로 끼어들어
저녁은 빛조차 나른하다.

기웃기웃 살아가는 법
—제주 조각공원에서

　조각공원엘 갔더니 소풍 나온 아이들이 재잘재잘 걷는다 조각작품엔 관심 없고 작은 연못의 오리 가족에게 우루루 모여든다 뒤뚱뒤뚱 걷던 오리들 사르르 헤엄치는 표정이 정겹다 생각 없이 찾은 공원에서 작품에 눈길 주지 않은들 무엇이 대수랴 내 보고픈 것 보고 내 눈이 미치는 곳에 평화 있다면 만족 아닌가

제아무리 고달파도
기웃기웃 살아가는 것,
거기 갈 길 있으려니
생명으로 향하는 것,
그것이 청춘 아니더냐

갈 길 찾는 눈은
언제나 사랑 가득하거늘

갑년도 한창 넘은 나도 기웃기웃 오리 가족 즐겁다.

화상전화

그래, 너희가 진실이다
밖에서는 한 세기만의
폭설 내린다는데 화상으로
들려오는 달뜬
너희 남매가 기쁨이다
새해 첫 월요일이면 어떻고
자동차 두절이면 무슨 문젤까
너희들 재롱이
쌓인 눈보다 하얀 길이다
열린 길이다

걸어야만 길이겠니
내 어릴 적 길은
하늘에도 먼 바다 끝
수평선을 향했단다 지금은
흔적조차 알 수 없는 숨은
길이 거기 있었지

오늘은 눈발 쏟는 날
화상으로 들려오는 외손자들
발랄이 여전히 가야 할
나의 길임도
새삼 알 듯하구나.

게임을 하다

새로 산 게임기에 넋을 놓고
여섯 살배기 외손자와 말달리기 경주를 한다
다투어 양손을 놀리고
얼굴은 실룩실룩 몰아의 경지다
어디로 튈지 모르는 어린 손자의 손놀림에
머리도 허리도 굳어서 따라가기 어렵건만
승부는 여전히 실전이다

달려라 애마여 기수를 부수고
허수아비를 물리치며 골을 향하여 달려라
아차차 잔디밭을 가로질러 가로수도
분지르고 장애물도 넘어뜨리며
간신히 제 갈 길로 접어든다

누구라도 달리고 부딪치고
아우성치며 다투지 않은 적 없으련만
뒤돌아보아야 할 때 이미 지났어도
몸 안 가득 떠나지 않는 전진의 욕망

뻣뻣한 손가락 재촉하여
여전히 달려야 하는 삶은 고단한 난장판
게임처럼 골인 지점은 저 앞인데
이제도 나는 어디로 달리는 것인지.

초침 소리

허리운동을 한다
아침마다 초침 소리 헤아리며
눕고 엎드리고 구부리며
핫, 둘, 셋 ……
한 동작을 마치면 다시
하나, 둘, 셋 ……
깊은 호흡으로 마무리하면
다시 일상이다
시계불알은 똑딱똑딱
이 땅 어디라도
저 공중 떠가는 구름이거나
가끔은 새의 무리까지
새론 이름은 지을 줄 몰라,
하나, 둘, 셋 ……
헤아리다가 끝나고
끝나는가 하면 이어지고
잇다 보면 모질지 못하여
흔적조차 없이
제자리에 숨었거나
예전처럼 녹슬지 않은
초침 소리, 공중에 흩어지듯
핫, 둘, 셋 …….

공주님 커튼

'할아버지,
공주님 커튼을 달아 주세요'

도연이의 새 방엔
공주님 그림이 담긴 커튼이 달리고
집으로 돌아오는 길
도연이 방 창으로는 불빛 희미하고
제 엄마의 피아노 반주에 맞춘
노랫소리 들리는 듯
가로등 불빛 아래 버드나무
여린 줄기엔 새잎 반짝인다

세 살배기,
우리 공주님 처소 은은하다.

멋쩍은

노란 꽃잎,
호접胡蝶의 화려가
손님 돌아간 지 오래건만
이제야 멋쩍은 듯
분홍 혀를 내밀며
향기 없는 웃음 짓는.

사랑이라는 것

강물이
굽이굽이 흐릅니다
물가엔
이름 모를 꽃들도
피어 있습니다
물새들 날고
박새도 재잘댑니다

한들한들 피어나 둥글게
흐르는
없는 듯 있는

평화로
이어진 영혼의 숨쉬기

꽃이 꽃으로 살 듯
새가 새의 날개로 날 듯

사랑을
온전히 사랑하는 것,

그러나
잠잠히 흐르는…….

어른이 된다는 것
―장가드는 아들에게

정말 어른이 된다는 것은
어른을 어른으로 인정한다는 뜻이지

가슴으로
머리로
아니면 가는 길 어디라도

아는 것이 아는 것이 아니듯이
세월만이 어른은 아니라는 것

나이는 불안이라는 것

너의 길 나 모르고
나는 나대로 가끔은 동행하며
너는 너 가던 길을 가고

도저히 한자리 머물 수 없는

미지로 뻗어나간
구불구불 여로를 벗 삼아

좁은 길,
많은 날들은 외로움에 취해
가시밭길

어른이 된다는 것은
머뭇거리며 떠나는 것이지.

청첩장을 접다

에어컨 바람에 실려 아내와
아들의 청첩장을 접는다

아내는 의자, 나는 돗자리에 앉아
외손녀 머리에 리본 매듯
리본을 맨다

받는 이들
생일선물 리본 풀 듯
열었으면 좋겠다

허리 펴고 창문을 여니
매미들 세차게 울어대고
열풍이 얼굴을 스친다.

갯배를 타다

어쩌다 갯배를 탄다

설악에서 불어오는 바람이나
청초호의 갯냄새도 힘겨운
올여름 6월의 태양이
아바이 마을에서
들려오던 질곡처럼
와이어를 끄는 손이 숨차다

어디 바람결에
흘러드는 전언이라도 들으려는지
나로서는 도저히 읽을 수 없는
뱃사람의 짙은 얼굴

새로 난 찻길에 막혀 갯바람은
지름길을 제쳐두고
표정을 묶어
초침 같은 손놀림만 자자한데

왁자지껄 그림자들 사이로
햇빛 가득 싣고
갯배는 천천히 미끄러진다.

개미가 귓속을 헤매다

열대야에 뒹굴다가
깜박 잠이 들었나 했더니 귓속이
와글 쩍쩍 이명인가
고막이 고장났나
귓구멍을 막았다가 열었다가
귓바퀴를 비틀고
베개에 머리를 퉁퉁 찍고
벌떡 일어나 고개 운동을 잽싸게 하다가
좀 잠잠하여 누웠더니
다시 찾아오는 와글 쩍쩍

보청기 신세를 지는 친구를
답답해한 응보인가
세균이 침입하여 고막을 갉아먹나
약한 동물이여, 인간이여
이젠 머릿속이 전쟁터다

불현듯 불, 불이다
인간사 불의 역사 아니던가
등불을 귀에 대었더니 슬금슬금
작은 개미 귓바퀴 타고 달아난다

길 잃은 집개미의 사투에
덩달아 방황하다 다시 맛보는
잠으로의 안락
그래, 나도 어쩔 수 없는 인간이다.

정

추석날 식구들 모두 돌아가고
힘에 부친 아내와
두런두런 남은 이야기하다가
보름달이 흥겨워
풍성한 마음 전하려는
이웃 정 많은 분과 더불어
구름 사이로 드러낸 달빛과
졸졸 흐르는 냇물 소리와
거기 우두커니 서 있는 가로등과
어울리어 가을밤을 그리는
줄지어 선 키다리 꽃길에서
초가 담 넘어 떠오르던
아련한 추억으로 맑은 바람
호흡하며 코스모스 그림자와
걸음걸음 키 재기하는.

2.

누가 왔나

종아리가 시리다

누가 왔나

열린 창밖
계수나무 후줄근하다

하늘은 높고

거미줄의 미동微動,
바람 소린 서늘하다

에취!

서성이다가

여름 햇살 아래
고운 빛깔이 서러워

묘지 주변을 서성이다가

박토薄土, 그 묏등을 덮은
잡초들

진정으로 누린 적 없는
하늘바라 땅을 딛고

되돌아본 급한 발자국

거기
더 서성이다가

부신 눈 비비며 마주친
엉겅퀴꽃

잎사귀 서늘함에 도리어
멀찍이 물러서다.

여기 있음에 사노라

가는 길을 막고
당신 사는 목적이 무어냐고
묻는 무례가 있다면
나는 답하리라

여기 놓여 있음에 사노라

갈대가 흔들리는 것은
바람이 불어서지 목적을
이루기 위함이 아니다

도축장의 운명이
우보牛步가 아니듯
북녘을 향한 기러기의
날갯짓을 보라

가는 길 막지 마라

길이기에 가는 것일 뿐,
누군들 목적 있더냐

나 여기 있음에
지금 살아 있다는 것을.

지금은

논둑을 달리고
개울 건너 숲을 지나
소년은
밭고랑을 훔치곤 하였다

시간이 흘러
이마에 고랑이 생길 때쯤엔
신호등 불빛 따라
건널목을 어기적어기적 건넜다

안개에 덮인
뇌리의 뒤안길은 버리고
앞으로 앞으로만 걸었다

줄줄이 행진하는 개미처럼
뒷줄에서
느리게 무리들을 따랐다

지금은
논둑을 달리듯 개울 건너
밭고랑을 훔치며 걸으려도
구부정한 몸짓 서럽다.

세월 따라 그리움이

그리움마저
젊은이의 전유물이랴

오월의 마지막 날, 무성한
나뭇잎을 가만히 보아라
여린 순, 봄의
그 순한 표정 다시 있더냐

먹빛 머금은 나뭇잎
속삭이는 선율에 시절의 무게처럼
아린 가슴은
흐르는 눈물로 덮여
유년의 소금밭을 향해 떠나고

망막 너머 저편 갈대
흔들리는 어렴풋한 소리 있어
잡았던 악력은
무념의 세계로 이어지건만

깊은 산 운해에 덮인 듯
나른한 오늘, 누군들 막으랴
나이 듦의 그리움을.

강물처럼

강물에서 발자국 소리 난다

앞서거니 뒤서거니
바람이 재빨리 불어도
움칠할 뿐
내 앞에서 나란한 물결은
가는 것도 오는 것도 아닌
정심貞心으로
도도히 흐르는 것

괜히 돌을 던져 보아도
퐁당!
잠시 후 다시 찾는 안정
던지지는 말고
돌팔매는 당하지도 말고
햇빛에 반짝이는 물결
그윽한 평화

흘러가는 물소리
소음에 가려 들리지 않아도
잔잔한

무반주 그레고리안 찬트처럼
눈으로 듣는 노래는
황홀한 것

나 잠잠하리라
허황으로 속절없이 떠다니던
가벼운 몸
그리고 바람의 발자국.

야구장 갈매기

중견수 앞 평범한 안타가 갈매기 무리의 방해로 끝내기 이루타가 된다 혼란 속에 하얀 공이 갈매기 한 마리 맞추고 글러브를 지나 부리나케 굴러간다

그리움을 사모하던 사춘기의 어느 날 나는 갈매기 나는 고향의 해변에 앉아 도리어 무념을 시도한 적이 있었다 그러나 바닷가의 적막은 생각의 꼬리를 잇게 마련이어서 덧없이 지나가는 것은 그 소리 또한 요란한 것인 줄을 그때엔 몰랐다

으뜸이나 버금에 얽힌 길이 아니라 가운데 어디쯤 섞여 천천히 걷는 길이 정도임은 더욱 몰랐다

너와 나의 구분조차 모호한 갈매기 무리들 함성을 벗어나 해변으로 난 오솔길을 내일은 묵언默言으로 걸으련다.

* 2009년 6월 12일 아침 MLB 클리블랜드와 캔자스시티의 경기에서 연장 10회말 마지막 타석의 추신수가 친 공이 외야에 날아든 갈매기를 맞혀 안타가 되는 바람에 인디언스가 4—3으로 승리하였다.

허리운동

민들레 갓털에
날릴 듯 매어달린 무당벌레
고운 빛
생존의 몸부림이 부지런하다

발원發願을 마치고 조심스레
날아오르는 심령의 가벼움

미물이라 얕보랴
어느 해부턴지 아침으로
허리 감싸 돌아도
끌어안은 무릎은 가슴 짓누를 뿐
무당벌레 생동인 듯
나 어찌 날아오르랴

푸른 하늘에
구름 둥실 민들레 갓털 날리듯
마음으론 떠올라도
뻣뻣한 허리 굽혀
급성 허리통증이나 면하면
다행이련만.

까치설날

저층 아파트보다도 더 높은
낙우송 우듬지 주변으로
까치들이 떼로 몰려들어
눈아 내려라 까악까악
다투어 울건만
도리어 겨울비 얄밉다
빗속을
종종걸음으로 걸어가는
군상보다도 삶은 저만치
흔들흔들
옷깃들 여미며 따르는데
지난 세월 서러운 듯
가슴속 눈물 게우는구나
까치설날!

가는 발자국 흔적 없고
오는 이 더욱 쓸쓸한 날.

내 나이

꿈도 없는 꿈, 꿈, 꿈

뒤척임,

슬그머니
찾아오는 홰치는 소리.

푸념

불현듯 건넨 푸념이
메아리 되어 돌아올 때엔
핵폭탄이라는 것을
아직도 모른 채 살아온
못난이 인생

나무도 거센 바람에
사뭇 몸을 비틀어 흔들다가는
잔잔한 바람엔 잠잠하거늘
천방지축 가눌 길 없는 몸짓에
자신도 놀라
멀건 눈으로 허공을 헤매는
난분분 봄꽃들의 흩어짐,
그리고 바람에 날려
소멸하는 내 푸념의
저 어눌한 정체

하기야 누구라서 알겠는가
허공으로 들려오는
크고도 작은 외침의 공명을
누구에게는 울림으로

누구에게는 소름 끼치는 떨림으로
누구에게는 바람 소리로
누구에게는 그저 멍멍한 기다림으로

무릎 꿇어 경건한 몸짓으로
나 여전히 염원하노니
그것이 푸념의 또 다른 이름이라 해도
여전한 흔들림으로
울려올 때까지
이 자리 엎드려 중얼중얼
들려오려나, 아주 작은 반향쯤은.

너는 초목과 같이

숲길을 가면서 소년 시절 읊조리던 말을 떠올린다

'너는 초목과 같이 그 일생을 의의意義 없이 보낼 것인가'

아직도 유혹에 매인 채 나이로는 이순耳順을 한참 넘기고서야 나는 초목의 삶을 조금씩 엿보곤 한다

세찬 풍우 몰려와도, 뇌성이 몰아쳐도 풀이나 나무들 찡그리지 않았다

계절 따라 갈아입는 표정, 불혹不惑을 지난 듯 작은 풀이거나 큰 나무거나 이순을 넘긴 듯 하늘을 우러른다

풀꽃들 미소 짓는 숲길을 가면서 의의 없는 삶을 사는 자, 초목이 아니란 걸 이제는 알 듯하다.

치기稚氣

밤 지하철 노약자석은
한 잔 술에 어른을 잃었다

나이가 벼슬이다
是非로다

고개 돌리는 젊은이들
눈빛 사이로

시니어 패스가 무색하다.

선풍기 돌아가다

선풍기 날갯소리 윙윙대는데
한여름 열기는
가슴을 거쳐 하늘 향해 퍼덕퍼덕
돌아라 어디로건
도는 것이 어디 선풍기뿐이랴
머리도 돌고 땅도 돌고
붉게 물들어 가던 서녘 산마루엔
어느새 어둠이 구름 그늘처럼 다가오고
지는 해를 따라
머리엔 흰머리만 늘고
저 지겹게 울어대는 매미 소리
슬금슬금 자자들 때
선풍기 소린 잠잠한 채
서늘한 바람은 찾아오겠지.

남은 이야기

밀려와선
절벽에 부딪는 포말들,
전율이었네

바윗등에 앉아
품을 줄은 몰랐어도
흐뭇하던 때

부서질 듯
구석구석
파고들던 현기증

썰물 되어 물러가면
남은 이야기
풍문으로 전하려네.

3.

상강에 목욕소를 지나다

문장대 오르는 골
오롯한 목욕소

목욕이라
마음까지 아우르랴만

홍엽 둥실
어엿한 물세례다

바위 스친
상강霜降, 찬 기운은

마음의 속진俗塵
털어내려나

햇빛에 안겨
나뭇잎도 물들인다.

의상대 소나무

풍파에 실려
가슴으로 파고드는 향수

의상대의 소나무*는
그 자리에 그렇게 서서

학鶴의
날갯짓

훨훨
가벼운 영혼으로

유연히
나를 부르고 있었다.

* 관음송(觀音松)이라 부르기도 한다.

할미꽃 피었다

나지막한 무덤 앞에
불현듯
4월의 한기처럼
지난날 되뇌듯 고개 숙여
할미꽃 피었다

바람조차 오가는 곳 모르거늘*
이승이건 저승이건 가는 길
되돌아본들
지난 세월 되돌리랴

가던 길 멈추고
고개 들어 하늘 보라
허공중 산산이 부서진 듯
한가로운 구름의 날개

묏등에 엉겅퀴 돋아나도
떠날 길 언제냔 듯 고개 숙여
흔들흔들
할미꽃 피었다.

* 요한복음서 3:8.

개구리의 눈

개구리의 눈에
꽃의 열망이나 화려가 보일까요
낙엽 흩날림에 덩달아
뛰어오르는 것은
개구리의 죄가 아니지요
왕방울 같은 눈 제아무리 부릅떠도
개구리의 눈에는
움직이는 놈만 보일 터,
날아가는 파리를 향한
잽싼 몸놀림을 보세요

흔들리는 가시나무 높이 뛰어올라
목에 가시라도 박히면 어쩌나요

아무렴, 개구린들
제 눈의 들보조차 못 볼까요.

대춘待春

하늘이 텅 비었다

밤새 내린 눈이
소한 추위로 나뭇가지 감쌌다

은빛 보검이다

바람은
동서남북 칼끝처럼 겨누고

자유를 갈망하는

쨍그랑 하늘.

하루살이

밝은 날
하루살이
날갯짓이 선명하네

날자 원 없이 날자
하루살이
쉬지 않고 죽을 듯 나네

석양 무렵
하루살이
원무圓舞는 나의 눈을 어지럽히네

일 년인 듯 백 년인 듯
하루살이
한데 모은 격정의 하루네

뫼비우스의 띠
하루살이
언제난 듯 어둠에 안기네.

시간에 밀려

운길산 들머리에선
밤송이 벌리는데

작두콩꽃 서넛
꼬투리들 사이로

한가로운 구름처럼
큰 몸짓, 배시시

다가서는 서릿발,
그 시간에 밀려

흔들흔들
연둣빛 춤을 춘다

꼬투리로의
현신이나 기대하듯.

억새꽃

늙는 꽃 어디 있으랴만
억새꽃, 백발이다

물소리에 바람 소리 오가는
발소리마저 거친 숨결,
그 등살에 고개 젓다가

봄, 여름, 가을 훌훌 털고
한데 바람 속 하얀 물결이다

(보이는 것을
바라보는 것이 아니라*)
물결 되어
어디로 흘러가려는가

뉘엇뉘엇
날리는 허망처럼 바람 소리
또한 어설프거늘.

* 고린도후서 4:18.

고욤나무

서울, 아파트단지에서
고욤나무를 만나다니

속절없이 한길 바라보던
청상靑孀의 집 울밖에도
고욤은 열렸었지

지을 수 없는 쓸쓸함의
회오리, 쓴맛인 듯
시큼한 박탈감

서리와 눈비가 반갑던
어린 날의
달콤하던 기다림, 고욤은
기다림도 가르쳤지

날은 어둡고 가을빛
잠잠한 듯
밀려오는 떫은 희열

고욤 일흔이 감 하나만
못하단 말은
옛사람 보는 눈이요

질긴 인연으로
작은 항아리 속에 모아
함께 가꾸던 연단錬鍛

이웃한 감나무엔 까치밥
외로운데 후줄근한
잎 사이로 오순도순

고욤들, 오늘도
늦가을 전설을 만드노니.

만추晩秋

62

가문 날에
비 그치고 선들바람

코스모스 꽃길에서
하늘을 보네

지난 세월 훨훨

청명淸明으로 서럽구나

하늘 멀리

우수憂愁는
가을이 주는 선물

코스모스
한가득 넘실대네.

말복末伏

장맛비 그치더니 낮으로는 여진처럼 후끈하다 큰 길 달
리는 자동차들 웅웅 소음을 비집고 매미들 떼 지어 엇박자
로 울어댄다 색 바래는 플라타너스 가로수 그늘로 노염이
살금살금 지나 도심도 가로질러 젖은 잠방이처럼 노을이
먼 산 너머에 널렸다 풀벌레 울음처럼 바람 한 점 불더니
지금은 사방이 잠잠하다.

門

흔들며 떨며
지난 계절 시든 잎 떨어내던
아픔에 겨워

산새 울고 바람 차다

시름시름 시드름병에
참나무,
드디어 도막난 주검이다

비닐에 덮인
즐비한 참나무 공동묘지

폐부로는 한기 찾아들고
병원균 옮은 듯 소름 돋는다

전율이다
내일이면 잊을 공포라지만

침묵보다 더 가파른 무명蕪明의
언덕을 넘어

뒷덜미 채여도

오늘 가야 할 산길

門, 산성*의

열린 문이 저기 있으매.

＊2009 초겨울, 거여동에서 남한산성 西門으로 오르는 능선길
좌우로 참나무시드름병에 걸린 나무들의 주검들이 공동묘지처럼
비닐에 덮여 있었다.

바람 4

불어라 바람아

내 영혼
천연으로 가벼워서

몸으로는 말고
내면 가득

속살거리는 음성,
고운 울림으로

오는 바람
자유이듯 가는 바람

불어라 바람아.

백로白露

추적추적 내리는 비
아, 그리운 사람

비 그치면 안개 덮여
서늘한 바람

짐 지고 떠나네
하, 그리운 사랑

은행나무 가로수
열매조차 영그는 계절

나 지금은 따르리
오, 그리운 임.

베란다 구석에서

베란다 구석에서
시들어 가는 잎을 딛고
올해도
노란 국화 피었다

서른 무렵 아내 잃고
초가 툇마루에 앉아
논틀밭틀 지나
천수만 뿌연 바닷물
어디쯤 바라보시던
내 아버지의
청승처럼 피었다

뉘엿뉘엿
비끼는 햇살 따라
국화 향내 흩어진다.

봄꽃이 피어난다

봄꽃이 피어난다
여름 같은 날씨에 너나없이
다투어 피어난다
잎보다 먼저 피워내는 열정이
화려하다
피보다 진한 본능이다
진달래꽃이거나
요즘 흔한 길가의 벚꽃이거나
박태기나무의 덕지덕지 피어나는
진분홍 꽃
위로 아래로 가로로 세로로
묶고 엮어 짜 내려가는 것
삶의 길목에
봄꽃의 열망은 있다

그러나 어쩌랴,
꽃무리의
뒤안길을 스치는 회한의 그림자
진달래꽃 같은 내 어머니
올망졸망 자식들 두고 떠나던 길,
그 길섶에도
봄꽃들은 피어나고 있었으니.

봄이 익는

산신이나 되자던
南一兄은
부친 닮아
효신孝神이 되고

혼자 오른
산에는 산들바람
꽃이 핀다

정념이다

진달래꽃
한 잔 술에
봄이 익는.

산의 속살

서둘러 케이블카로
산의 속살 보러 올랐더니
운무에
가을빛 얼굴조차 가렸다

풍덩 뛰어들려도
오를 수 없는 속살의
붉은빛 은은함

걷고 오르고
산의 속내 보려던 무던한
소싯적 걸음마저
어느덧 종아리가 시리다

욕심은 접고
내려오는 내 발걸음의
간지러운 실체

뒤로는
연륜조차 보잘것없는
희미한 그림자만 남고.

예송리에서

오뉴월
바람결에 예송리

상록수림 사이로
바다 냄새 싱그러운

차그르르
갯돌의 노래

일출 언저리
동녘을 바라보노라면

누천년
어제를 밀어내고

자연을 넘어
오늘을 소곤대는

아침 햇살
그 빛의 울림으로

차그르르
갯돌의 하모니

덩달아
나도 차그르르.

초겨울 냇가

인공으로 만든 냇가엔
인공으로 자란
갈대며 억새며 수크령이며
피는 피대로 살은 살대로
찬바람에 이리저리 얽혀
힘줄과 부딪는 아우성에
부르르 떨며
날리는 씨앗들 아니라도
주어진 삶에 묻혀 살다
마지막 마무리는
누구라도 맞이하는 걸
어느 땐
엄숙히 받아들여야 하는 걸
아직은 모르는 듯
오늘은 냇가 바람 따라
갈대며 억새며 수크령이며
와글와글 차가운
하늘 우러러 머리를 조아리는
초겨울 낮 냇가의 한때.

행운목의 꽃 2

낮으론 시들하더니
향내 뚝뚝
어둠에서
가슴으로 피워내나

행운목에 꽃피었네

석삼년 쌓은 내공
한 열흘 피고지고
하얗게
온몸 살라 소진하더니

덧없이 끝난 풋사랑처럼
우수수
검게 그을린 몸짓

다시
긴 잎들만 남았네.

나그넷길

시멘트길 모퉁이 옹기종기
민들레 꽃피웠다

이리저리 휘둘려도
머리 둘 곳 변변하더냐

꽃씨 훨훨 헤맨 적 있었으련만
올해도 그 자리 피었다

한 자리 머무는 것,
그것도 나그넷길일 터

주어진 때, 양지쪽
오순도순 민들레꽃 피었다.

4.

구름 많은 크리스마스

78

하늘엔 온 가득 구름이다

우리 주님 오시던 날
내리던 빗물, 오늘도 내리려나

흰 눈 아니라도 눈물은 고여

찬바람 등에 지고 맨발로 오시려나

세상 너무 어두워.

오늘은

눈물을 흘려요
사연으로 흘려요

구부리지 않고
어찌 주울 수 있나요
눈물방울,
투명한 사연을

눈물 속
옛 사람은 흘려
노여움 함께 버리고
저 높은 하늘 향해
눈물 한가득 날려요
오늘은

새로운 말씀,
기쁨의 옷만 입어요.

생명이 매어 있으매

조금 전
흰나비 한 마리 거미줄에 얽혀
파닥이더니
지금은 거미의 밥으로 묶여
진저리를 친다

곳곳에 진을 치고
입으로는
질박한 독소를 뿜어내는
길고 긴 어둠으로의 안내자

거미마다 입술로는
나비를 속이고
바람을 속이고
삼라만상을 속이고
먹고 먹히고 몸부림치는
혀로는 독사의 독이요,
목구멍은 열린 무덤이로고*

허나,
거미의 생명이 매어 있으매

내 어찌 거미줄을 지우려는
욕망, 그 본능인들
추스르지 않을 수 있겠는가.

* 참조 : 로마서 3:13.

그날이 오면

그날이 오면 어렴풋이
참, 내 원 참

숲은 숲으로 울고
잡초들은 서로 엉켜 또 울고
가슴으로는 심장이
쉼 없이 고동치며 울리는
천둥으로 다가서고

그날이 오면
먹먹하던 기운이 해맑은
저 하늘 아래
옅은 구름들 순순히 흘러가는
나른함의 절정이
끝내는 폭발하는 듯

머무는 것들은 멈춰서 그립고
지쳐서 서글픈
골목골목을 수줍은 듯 걸어서
멀어져 간 순간들
그것들 켜켜이 쌓여서

그날이 오면 가벼이
참, 그랬구나 그래.

전설이전傳說以前

짐 벗으면 빈손인 것을

도상에서 만난 사람은
몸도 마음 가볍게 품어 안자
품으로 흐르는 따뜻한 피,
가슴으로 주는 건 원소元素라 하자
그러면서 우리는 웃어 보듬자
아니면 손이라도 잡아 사뿐히
떨어지는 낙엽처럼 넉넉한
대지의 품
그 가슴으로 돌아가자

집으로 돌아가면
아끼느라 쓰지 못한
중절모 멋지게 눌러쓰고
여행이나 떠나겠다던
어느 중환자의 전설 같은
이야기가 이제도 전하거늘.

나비

어린아이가 나비를 따릅니다
방향조차 겨냥 못해 뒤뚝입니다
장다리꽃을 지나 천천히 나비는 날아갑니다

이번엔 소년이 나비를 좇습니다
잡힐 듯 잡힐 듯 날아가는 나비가 바쁩니다
장다리꽃 활짝 피어 있어도 앉을 여유가 없습니다

여전히 나비가 날고 있습니다
어른은 나비를 좇지 않습니다
여기저기 한가롭게 나비들은 날고 있습니다

함박눈 내리듯 나비들 하늘을 납니다
온 세상이 훨훨 자유롭습니다
아, 자유입니다.

부활

언 땅 녹이며 봄의 소리
조용조용 다가와

제각각

잎으로 싹으로
꽃으로 활짝 살아나는

환한 얼굴.

보이지 않는 손

팔랑 풀잎, 선들 나뭇잎

살랑 잠재우는

알 듯 모를 손사래.

씨앗이 작다한들

별자리 이야기책을 보니
생성을 시작한 지 3분 안에
우주의 운명이 결정되었다네, 빅뱅
불은 붙고 빛이 일며
삼라만상 열렸다네 어둠 속
반짝반짝 별세상 되었다네

씨앗이 작다한들
누구라 우주를 품지 않으랴
보이는 것은 티끌이요, 안개인 것을
나도 거기 한 자리 끼어들어
아주 작은 티끌, 보이지 않는
자리 차지하였어도 핵분열처럼
열기만은 내 몸에도 다가와
심장은 뛰고 두근대다가
어느덧 백발 되어 지금은
서서히 소멸하는
그래서 새로운 별자리 하나쯤
소망하는 간절함도 익어 가는데

보이지 않는 손
그 손의 놀림에 따라
확장하는 우주의 한 틀에서는
여전히 와장창
빅뱅의 여운 들려온다.

* 참조 : 욥기 8:7.

끝내 빈손인 것을

나무를 보고 숲을 보라
해를 향한
생명의 용솟음을 읽자
서로 겨루며, 온갖 생명들
깃들여 사는 곳
더불어 반짝이는 나뭇잎
봄볕의 영광이
가을이면 낙엽 되어
모든 것 내려놓고 가거늘
무성한 여름 숲의 아우성이
먹먹하지 않은가
주름 없는 할머니의 얼굴을
상상해 보라
늙으면 늙는 대로
도는 건 진실이요
돌아가는 것이 현재러니.

밀알을 삼기 위하여
―태풍 '곤파스' 가 지나갔다

태풍이 휩쓸고 간
동네 어귀에 나무들 널브러졌다
어깨를 감싸듯 누워 있는 나무들, 사이로
의젓이 서 있는 작은 감나무 한 그루
30년도 넘는 마을 고목들 헐떡이는데
감 몇 개 아직 달렸다
힘 다해 맞섰을 밤으로의 뇌성,
삼킬 듯 불어오던 성난 바람

하루 지나 언제냔 듯
쏟아지는 햇빛, 그 빛 온몸으로 받아
가을의 끝자락, 그곳을 향한 아련한 본능
마음 깊은 곳, 정성으로 삭히고 익혀

한두 알의 씨앗, 밀알을 삼기 위하여
감 몇 개 아직 달렸다.

저절로 되었다니

이 땅이 저절로 되었다고?
호킹이 말했다고?
언젠 (신의 마음을 이해할 듯하다*)더니?

아내가 말한다
어떻게 저절로 되나?
말도 안 돼
새벽에 분 태풍의 몸부림을 보라지
그리고 저렇게 버티고 서 있는 나무들의 용자를 보라지
(더러는 넘어지거나 가지가 꺾이기도 하였지만)
흩어진 나뭇잎 사이로 씽끗 눈짓하는 저 싱싱한 풀들을
보아
와중에도 울어대는 매미들의 마지막 절창을 들어 봐
아니지, 씻고 있는 쌀이거나 잡곡들, 각각의 얼굴들
맞이며 영양소며, 참 기가 차거든

이 땅, 이 하늘, 내 심장이 이렇게 고동치는데
이 신비, 이 자유, 이 노래
방긋 웃는 아가의 웃음소리도 들어 봐

신묘막측神妙莫測

호킹이 말했대
(우주는 無로부터 스스로 창조하였다*)고

낸들 알겠나 애증이 이리 선명한데
수십억 숫자에 묻혀 오금 저리고 다리 아플 뿐.

* 호킹의 저서 '시간의 역사'에서.
* 호킹의 저서 '거대한 디자인'에서.

노스탤지어

납작 초가
사립 곁엔 백일홍 피었는데
삽사리는 어디 갔나
떠날 때를 머뭇거리던
곁사람은 그렇다 해도

(평화로운 마을이면 좋겠다)

뒷동산 바위에 앉아
내려다보던
개펄이 다시 내 곁으로
다가설 리 없으련만

(청명한 하늘에
 구름꽃이라도 피어나면 좋겠다)

구불구불 논두렁
밭두렁을 안개처럼 지나면
등 뒤로 남아 있는
아련한 곡선

(여정이 어찌 곧기만 할까 보냐)

기적처럼 떠나가네

칙칙폭폭 장항선 달리는 열차는
내 문명의 시원始原이었네
내 나이 다섯 무렵이었던가
어머니와 함께한
첫 기차여행은 충격이었네
들을 가르고 터널을 지났네
창밖으로는 전봇대가 지나고
난쟁이 가로수도 초가도
신작로는 쉬쉬 뒤로 물렀네
덜커덕덜커덕 하얀 연기는 다정했고
도착한 목조 역사가 커 보이듯 철길은
평행선을 이루며 멀리멀리 뻗었었네

참, 시간도 많이 흘렀지
반세기도 더 지나서 만난
덩그런 플랫폼은
얽힌 전선들 사이로 비추는
한낮의 나른함에 졸고
들판을 지나 다리도 건너 철길은
뻗은 듯 구불구불 나아가네
뿌연 끝자락 언저리쯤
어느덧 한 줄기로 가물거리네
옛 기적 소리처럼 아련히 머네.

꿈을 꾸어요

옛 사랑이 떠오르면
흘러간 노랠 듣지요
꿀맛처럼 달콤한
난 당신 꿈을 꾸어요*

꾸는 것이 꿈이라면
눈 뜨면 허망인 걸
물안개 속 곤추서다
가물가물 곤두박질
갈 곳 몰라 기웃기웃
돌아가는 보폭도
맞추어야 동행이라

어스름 팝송을 들어요.

*캐롤 키드의 'When I dream' 의 한 구절.

먹장구름

개펄은
능쟁이들 차지였다

바다를 건너

하늘은
갓 구은 소금이었다

점점.
다가서는 두려움

빗줄기가
드디어 동심을 덮쳤다.

잔영殘影

낡은 사진첩 뒤지다가
앙증맞은 사진 한 장 발견했네
삼 형제 나란히 서 있네
갇힌 기억을 더듬으며
지난 시간 되돌리네
타임머신 아니라도
주섬주섬 물러서며 되뇌노라니
미련의 노랫가락 들려오네
노랫가락은 늘어져야 제맛이라
슬로모션처럼
빛바랜 아픔으로 전해 오네
배고파도 울지 않던 시절
영혼만은
쓸쓸히 머물러선 안 된다고
읊조리고 읊조리건만
아련한 그리움으로 미움인 듯
슬픔인 듯 출렁대네
검정 고무신에 가는 다리
가슴 저며도
추억으론 용서하며
또, 세월은 흐르고 흘러

잊으려 한들
그림자조차 지울 수는 없어
갑년甲年을 한자리에
그렇게 서서 삼 형제는
여전한 긴장으로
낡은 사진기만 주시하네.

그 봄의

탱자나무 가시마저 울리던
그 3월의
바람이 너무 차가워
저기 앞산자락 피어나던
비구름 같은
정적의 무늬로 흘리던 눈물

(그러그러 甲年을 흘려)

자식들 나이보다도
한참 젊은 채로
바람은 많이 타지 않은 듯
그래서
흔들리지 않는 모습으로

아, 그 봄의 바람
지금은
영춘화迎春化 꽃피는 사연처럼
화사하게
여전한 그리움으로 다가서는

그 봄, 미완의 현신.

서정의 길을 찾아서

문정영(시인)

1. 들어가면서

시는 시인의 서정이 내면에서 놓여나 시적 대상과 낯설게 만남으로 탄생한다. 그러므로 시를 읽는다는 것은 시인의 서정을 탐색하는 것이며, 시인이 살아온 날들을 유추하는 지적 행위이다.

시인이 살아온 날을 읽기 위해서 시인의 실제 삶의 단면들을 안다면 조금은 이해가 빠를 것이나, 나는 류근택 시인을 잘 모른다. 그런 이유로 보내온 원고를 우선 편견 없이 읽을 수 있었다. 모르는 상태였기에 객관적인 눈으로 그의 내면을 들여다보았다.

그런 후에 이전 시집들과 천천히 비교하여 보았다. 시 세계가 얼마나 달라졌는가. 지난번 시집에서 볼 수 없었던 새로움이 있는가. 또한 시인이 보여 준 진정성이 한결같은가. 문체나 형식의 변화가 있는가. 행간의 여백이 좀 더 넓어졌는가. 이런 점들이 중점이었다.

류근택 시인은 늦깎이 시인이다. 그래서인지 그동안 시인의 내부에 쌓여 있던 수많은 노래들이 봄풀 돋듯이 쉼 없이 쏟아져 나오는 듯하다. 등단 이후 2년마다 한 권씩 내어놓은 시집들은 류근택 시인이 가진 2년 주기의 시詩 목숨들이다. 그러기에 시인은 진지한 눈빛으로 자신의 철학이나 세계관 등을 마음문 밖으로 내어놓는다.

류근택 시인의 첫 시집 『들으렴, 이 소리를』(2003년 문예운동)에서 보여 준 맑은 시심은 소리를 통하여 일상의 모습을 시적 대상으로 끌어내었다. 그의 두 번째 시집 『징검다리 건너기』(2004년 창조)에서 보여 준 '나는 나니 옳고, 너는 너이기에 그른 세상, 어찌 어린 날 그립다 하여 오늘 저렇게 흙탕물 노도처럼 흘러넘치는 징검다리 건너려 바짓가랑이 걷어 올리겠는가' 에서는 세계를 건너는 것이 혼자의 몸짓이 아니라 '함께' 라는 것을 보여 주었다.

그의 세 번째 시집 『꽃의 기쁨』(2006년 문학아카데미)에서는 세계를 바라보는 것은 빠른 눈이 아니라 천천히 '꽃의 기쁨' 을 발견하듯이 걸어가야 한다는 것을 이야기해 주었다. 그의 네 번째 시집 『바람 탓은 아니다』(2008년 연인M&B)에서도 어떤 기교를 부리는 재주보다는 시인이 바라본 명징한 세계를 따뜻하게 표출해 내었다.

이번 다섯 번째 시집에서 류근택 시인은 또 무엇을 보여 주려 하였을까. 그러나 곰곰이 들여다볼수록 무언가를 보여 주려는 극적인 제스처는 없다. 아니 더 자연스러워졌다. 그가 보여 주려고 하는 세계는 다른 말로 설명할 필요가 없다. 그가 가진 사유를 우리는 마음의 문을 열고 받아들이기만 하면 되기 때문이다.

2. 가면놀이

그가 선택한 다섯 번째 시집의 제목은 『가면』이다. 지금까지 보이지 않던 탈서정으로 들어가는 것일까, 내면의 세계를 시적 오브제로 정한 것은 아닐까 하는 기대를 불러일으키게 한다. 그런 기대감은 몇 편의 시를 통해 이전의 작품세계에서 볼 수 없었던 새로움으로 다가온다. 그것은 시인이 가진 기본적인 맑고 순수한 정신세계가 바뀐 것이 아니라, 그 세계가 깊어졌음을 감지할 수 있기에 반가운 일이다. 젊음은 용기이며 나이 듦은 지혜라고 한다. 연륜과 통찰에서 가져온, 그의 사물을 바라보는 시선은 그래서 웅숭깊다. 숭늉 같은 맛이라고 해야 할까. 이러한 것들이 류근택 시인이 시집 『가면』을 통하여 보이는 뚜렷한 변화다.

송파산대놀이 구경하러
서울놀이마당에 가거들랑 취발이랑
팔먹중의 표정을 읽자
타령장단에 께끼춤, 말뚝이의 잡소리는 어떤가

거기 어린아이 때,
순하디 순한 모습 있던가

마당 넘어 새로 지은 아파트 숲으로 잦아드는
석양의 붉은 어둠에도 비춰 보자

가면 속에
얼굴은 묻은 채로 한 마당
놀아나지 않은 자, 게 누구더냐

섬광처럼 잠깐만
나타났다 사라지는 희미한 형해形骸
속절없이 칠흑으로 숨어드는 질주의 본능

이제는 가면을 벗고
마당을 떠나는 이들의 땀에 전
뒷모습을 가만가만 바라보자

숨소리마저
멈춘 듯 찾아든 평안의 여유를.
―「가면」 전문

이제 시인의 시심은 눈에 보이는 대상에서 눈에 보이지 않는 대상으로 옮겨 간다. 감정이입의 발현이다. 그것은 연륜이나 통찰에서 오는 힘도 있겠지만, 등단 시기와는 달리 그가 시 수업을 받기 시작한 것이 50여 년 전부터라 하니 아마도 그의 숨은 시력詩歷에서도 나오는 듯하다.

가면은 이면이다. 우리가 감추고자 하는 이면의 세계를 시인은 들여다본다. '춰발이랑 팔먹중의 표정을 읽자'에서 알 수 있듯이 가면 속의 진짜 얼굴은 이미 '거기 어린 아이 때,/순하디 순한 모습'이 아니다. 그래서 시인은 '가면 속에/얼굴은 묻은 채로 한 마당/놀아나지 않은 자, 게 누구더냐' 라고 묻는다. 그리고 그에 대한 답은 '이제는 가면을 벗고/마당을 떠나는 이들의 땀에 전/뒷모습을 가만가만 바라' 보는 것이다. 그리고 거기서 얻을 수 있는 것이 '평안의 여유' 임을 깨닫는다.

이 시집의 표제작이면서 시인의 변화를 실감하게 하는 「가면」은 어떤 사상의 울타리를 벗어나 시인의 생물학적 나이의 변화와 직결된다. 이제 시인의 직감이 자연 서정의 그늘에만 있는 것이 아니라 인간 내면의 숨소리에도 가닿아 있음을 독자는 쉽게 읽을 수 있을 것이다.

그러나 그가 가진 따뜻한 본능이 사라진 것은 아니다. 시적 대상의 확대와 함께 그 따스함의 깊이도 물론 확장되었다.

가슴으로 아이를 낳았다는
어느 엄마의 가분한 눈물에
내 가슴속 무거운
돌덩이 들어 있음도 알았다

모성이건 부성이건
사랑이 주인 아니던가 그런데
나, 이제껏 누굴
가슴으로 안아 본 적 있던가
절절한 그리움에 젖어
가꾸어 보듬는 정원사의
정성을 눈여겨본 적 있던가
나무거나 꽃이라도 이제껏

눈이면 눈, 냄새로만 보았다

　―중략―

돌덩이는 가만히 내려놓고
마른 가슴에
남루儭樓 하나 입양하고 싶다
　―「남루하나 입양하고 싶다」 부분

제아무리 고달파도
기웃기웃 살아가는 것,
거기 갈 길 있으려니
생명으로 향하는 것,
그것이 청춘 아니더냐

갈 길 찾는 눈은
언제나 사랑 가득하거늘
　―「기웃기웃 살아가는 법」 부분

　류근택 시인의 기존 시집에서 보여 준 서정적 성향과 달라진 또 다른 하나는 주변에 보내는 눈길이다. 입양 이야기를 다루면서 그 안에서 발견한 '나, 이제껏 누굴/가슴으로 안아 본 적 있던가' 하는 반성과 함께 '기웃기웃 살아가는 것,/거기 갈 길 있으려니/생명으로 향하는 것' 이라는 이웃의 생명 사랑까지 시인의 눈은 자신이 살아온 길에서 만난 다양한 '사랑' 의 진정한 모습들을 음미한다.

3. 생의 아련함 속으로

　류근택 시인은 어느 사이 칠순을 바라보는 나이다. 보이
지 않는 세계를 발견하고 들리지 않는 소리를 들으려고 노
력한 흔적이 행간에 뚜렷하다. 지금처럼 꾸준하게 시를
쓰고 시집을 내는 것은 류근택 시인을 젊게 만드는 원동력
이다. 연륜으로 시적 대상을 바라보는 눈길 또한 온순하
다. 집착과 욕망이 사라진 자리에 삶을 바라보는 관조의
힘이 가득하다.

　　걸어야만 길이겠니
　　내 어릴 적 길은
　　하늘에도 먼 바다 끝
　　수평선을 향했단다 지금은
　　흔적조차 알 수 없는 숨은
　　길이 거기 있었지
　　―「화상전화」 부분

　　분지르고 장애물도 넘어뜨리며
　　간신히 제 갈 길로 접어든다

　　게임처럼 골인 지점은 저 앞인데
　　이제도 나는 어디로 달리는 것인지
　　―「게임을 하다」 부분

　　나이는 불안이라는 것

　　너의 길 나 모르고
　　나는 나대로 가끔은 동행하며

너는 너 가던 길을 가고

좁은 길,
많은 날들은 외로움에 취해
가시밭길

어른이 된다는 것은
머뭇거리며 떠나는 것이지
―「어른이 된다는 것」 부분

　시인은 이제 자신이 살아온 지혜를 자식들과 손자들에
게 가만가만 들려준다. 비록 '어릴 적 길'이 지금은 '흔적
조차 알 수 없는 숨은 길'이 되었지만 화상전화를 통해 자
식들과 손자들의 안부를 듣는 시인은 기쁨으로 가득하다.
　사는 일은 게임하고는 다르다. 순간순간 희열이 있기 때
문이다. 그러나 골인 지점이 있는 것은 마찬가지며, '어디
로 달리는 것인지' 모를 때가 참 많다. 이제 어른이 되어
가는 자식들을 보면서, 진짜 '어른이 되는 것은/머뭇거리
며 떠나는 것'이라고, 어른 노릇이 그렇게 녹록한 것은 아
니라고 이야기한다.
　시인은 삶에 대해서도 느슨해졌다. 그것은 주변을 천천
히 둘러보는 눈길에서 알 수 있다. 이제는 조급할 이유가
없다. 그것은 사람 사는 일이 다 '제 갈 길'이며 '가시밭
길'이었음을 안 까닭이다.
　그 길에 대한 생각을 잘 정리해 놓은 다른 시 한 편을 보자.

종아리가 시리다

누가 왔나

열린 창밖
계수나무 후줄근하다

하늘은 높고

거미줄의 미동微動,
바람 소린 서늘하다

에췌!
　—「누가 왔나」 전문

　바람이 왔다가는 것조차 이제는 느릿하다. 그것이 본래 시인의 성품인지는 모르겠으나, 지독히도 빠른 요즘 세상사와는 너무 다르다. 그런 가운데서도 '거미줄의 미동'이 느껴질 정도로 시인은 사물을 깊이 주시한다. 거기서 건져 올린 통찰의 힘으로 '갈대가 흔들리는 것은/바람이 불어서지 목적을/이루기 위함이 아니다'(「여기 있음에 사노라」)라는 생의 단순성을 설파한다. 그러면서 '길이기에 가는 것일 뿐,/누군들 목적이 있더냐' 라고 자신이 가야 할 길을 조용히 관상觀想한다.

4\. 현재진행형

변모와 함께 류근택 시인의 맑고 깨끗한 시심은 여전하
다. 여전할 뿐 아니라 나이 듦에 따라 그의 시심은 더욱 깊
고 그윽하다.

　늙는 꽃 어디 있으랴만
　억새꽃, 백발이다
　─「억새꽃」 부분

　욕심은 접고
　내려오는 내 발걸음의
　간지러운 실체

　뒤로는
　연륜조차 보잘것없는
　희미한 그림자만 남고
　─「산의 속살」 부분

등에서 보여 준 세상 바라보기는 이제 지난한 생을 지나
서 세상을 껴안고 가는 시인의 아름다운 뒷모습을 보여 주
기에 충분하다. 이런 잔잔한 시의 물결을 들여다보면 류
근택 시인의 시가 나아갈 길이 이전의 시편들과 또한 맥을
함께하고 있음을 발견할 수 있다.

이번 시집에도 이전의 시집에서 볼 수 있었던 그의 신앙
적인 삶의 자취가 알게 모르게 행간에 많이 녹아 있음을

발견할 수 있다. 이는 시인의 마음이 여전히 편편하고, 그 결과 그의 사랑과 믿음이 암암리에 시적 진실로 나타났기 때문일 것이다. 류근택 시인은 이번 다섯 번째 시집을 통하여 이전의 모습과는 다른 변모를 보였다. 이러한 변화는 독자들의 기대감을 충족시키기에 충분할 것이다. 새로운 세계를 향해 전진하는 것이 시인의 '참 모습이다' 라고 한다면 류근택 시인이 이번 시집을 통해 보여 준 시적 진지성은 그의 시세계가 끊임없이 확장되어 나아갈 현재진행형이라는 점을 분명히 한다. 이런 연유로 다음 시집에 대한 성급한 기다림 또한 크다.